인생이 꼭 리전목마인건 아니까.

2023. 여름

문 지 혁

크리스마스 캐러셀

wefic

크리스마스 캐러셀

문지혁

위즈덤하우스

1

"스물한 시간쯤 걸릴 거야."

짐을 다 챙기고 침대에 걸터앉아 있는 나에게 고모는 별일 아니라는 듯 말했다.

"농담이죠?"

내가 묻자 고모는 싱긋 웃었다.

"맞아. 실은 스무 시간 가서 하루 자고, 다음 날 한 시간 갈 거니까."

고모는 나오라는 뜻으로 손짓했고, 나는 한숨을 쉬며 일어나 캐리어를 끌었다.

12월 23일 오전 1시에 우리는

야반도주하는 사람들처럼 집을 빠져나와

각자의 짐과 공용 짐을 차고 앞에 세워진

혼다 오디세이에 실었다. 주변 집들의 불은

모두 꺼져 있었지만 집마다 장식해놓은

크리스마스트리와 조형물 들이 한밤중에도

여전히 반짝거렸다. 후드 티 모자를 반쯤

비뚤게 뒤집어쓴 에밀리는 연신 눈을 비비며

하품을 했다. 고모부가 핸들을 잡고, 고모와

에밀리는 뒷좌석에 탔다. 눈 내린 후의

서늘하고 깨끗한 공기 사이로 흐린 입김이

유령처럼 퍼져나갔다. 나는 마지막으로

조수석에 올라 차 문을 닫았다.

　　"출발합니다."

　　고모부가 말했다. 앞쪽 내비게이션에

예상 도착 시간과 거리가 표시됐다. 디스턴스:

1,225마일. 어라이벌 타임: 18h 21m. 뉴저지의

고요한 주거지역을 빠져나가며 나는 앞으로

스무 시간 동안 고모부가 과연 몇 마디 말을 더 할지 세어 보아야겠다고 생각했다.

2

디즈니월드에 가기로 한 건 나와 상관없이 이미 계획된 일이었다. 내가 입국한 게 12월 20일이니까 만으로는 미국에 온 지 겨우 이틀밖에 지나지 않았을 때였다. 나는 아직 이 나라가 낯설었고, 심지어 시차에도 적응 못 한 상태였다. 미국에 있었지만 한국 시간에 맞춰 눈을 뜨고 감던 내게 맨 처음 이 여행 계획을 말해준 건 에밀리였다.

"삼촌, 유 노 왓?"

머리로는 알고 있었다. 영어 사용자들이 말하는 '유 노 왓?'이 우리말로는 용건을 꺼내기 전에 하는 '있잖아' 같은 뜻이라는 거. 근데도 에밀리가 습관처럼 그 말을 하면 기분이 나빴다. 너 알아? 이렇게 들려서.
더군다나 난 에밀리의 삼촌도 아니었다.
에밀리가 고모의 딸이니 우리는 사촌이었지만,
영어로 사촌을 정확하게 설명하기 어렵고
어차피 둘이 나이 차도 많이 나니까 그냥
삼촌으로 부르라고 고모가 정리해버렸다.
아니, '커즌'이라는 좋은 단어도 있는데?

"아이 돈 노."

"넘버 원. 우리 디즈니월드 간다."

"뭐?"

"넘버 투. 크리스마스 이즈 마이 버스데이.
예이!"

에밀리는 두 팔을 번쩍 들고 이상한
감탄사를 내뱉더니 금세 자기 방으로
돌아갔다. 그러니까, 자기 생일인
크리스마스에 맞춰 다 같이 디즈니월드에
간다는 얘기? 아니, 크리스마스는 예수님
생일인데 애는 어쩌다 그날 태어났을까.

놀이공원은 명절이나 공휴일에 가면 큰일 나는 곳인데. 여기 근처에 디즈니월드가 있나? 디즈니랜드 아니고?

에밀리는 뭐랄까, 종잡을 수 없는 아이였다. 미국 나이로 열두 살이니까 우리 나이로는 중학교 1학년쯤 되었을 텐데, 애가 다 큰 어른 같기도 했다가 완전 어린애 같기도 했다가 뒤죽박죽이었다. 한국에서 영상 통화로 몇 번 보기는 했지만 실제로 만난 건 며칠 전이 처음이었는데도 에밀리는 나를 마치 평생 같은 집에서 살아온 진짜 삼촌처럼 대했다.

게다가 에밀리는 입양아였다. 물론 그거야 그럴 수 있지만, 고모네는 오픈 어답션이라고 해서 그걸 외부에 공개적으로 알리는 방식을 선택했다. 다섯 살 때 입양이 이뤄졌기 때문에 에밀리도 그 사실을 처음부터 알고 있었다고 했다. 비행기에서 내리자마자 잠이 덜 깨 정신이 반쯤 나간 사람한테 고모가 제일 먼저

한 얘기다.

"그럼 내가 뭐 어떻게 해야 해?"

공항에서 집으로 가는 차 안에서 내가 묻자 고모는 길게 답하지 않았다.

"그냥 알고만 있으라고."

한국을 떠난 건 아빠의 결혼식이 끝나고 일주일이 지난 다음이었다. 조금 이상하게 들릴 수도 있다는 거 인정한다. 아빠의 결혼식이라니? 결혼 30주년 기념 리마인드 웨딩 뭐 그런 거 아니다. 진짜 결혼식. 성인 남녀가 예식장에서 하는 거. 그걸 아빠가 했다. 물론 두 번째로 하는 거였다.

엄마는 내가 중학교 2학년 때 죽었다. 난소암이었다. 눈에 띄게 허리둘레가 늘어나고 소화불량이 심해지기 시작했을 때 엄마는 한창 살이 오르던 나에게 같이 다이어트를 하자고 했다. 매일 저녁 훌라후프를 돌리고 중랑천 변을 뛰었다. 덕분에 나는 살을 뺐지만 엄마는 그러지 못했다. 그건 살이 아니었으니까. 엄마 안에 종양이 자라고 복수가 차고 있다는 걸 몰랐으니까. 짧은 투병을 마치고 엄마가 죽었을 때 나는 평생 홀라후프 같은 건 돌리지 않을 거라고, 이제 아무리 살이 쪄도 절대로 뛰지 않을 거라고 다짐했다.

아빠는 그 후 10년 넘게 혼자서 나를 키웠다. 엄밀히 말하자면 내가 알아서 큰 건데, 아무래도 아빠는 본인이 나를 키웠다고 믿고 있는 것 같다. 내가 모른다고 생각하겠지만 대학에 들어간 다음부터는 아빠가 이런저런 사람과 연애하는 것도 알고 있었다. 그러다 내가 군대에 다녀오는 동안 급진전이 일어났다. 제대하고 일주일쯤 지났을 때였나, 아빠가 내 방에 불쑥 들어오더니 핸드폰을 내밀었다.

"이 사람 어떠냐?"

아빠 폰에 떠 있는 낯선 여자의 얼굴을 본 순간 나는 직감했다. 아, 이 사람이 내 새엄마구나. 말로만 듣던 계모, 후모, 스텝맘, 의붓어머니인가. 하지만 어떤 단어를 떠올려도 눈앞의 여인과는 잘 어울리지 않았다. 검은색 뿔테 안경을 쓴 단정한 얼굴에 희미한 미소를 짓고 있는 사진 속 여자는 강의 평가에서 늘 만점을 받지만 왠지 개인적으로 친해지고 싶지는 않은 교양과목 교수님 같았다.

아빠는 약간 상기된 표정으로 내 대답을 기다렸다.

"결혼하려고?"

내가 묻자 아빠는 말했다.

"네가 허락해주면."

사실 나는 알고 있었다. 허락 따위는 처음부터 필요 없었으며, 아빠는 그냥 자기가 결혼한다는 소식을 이런 식으로 통보했을 뿐이라는 것을. 하지만 살다 보면 다 알면서도 속아 넘어가야만 하는 순간들이 있다. 나쁘게 말하면 그것을 일종의 연기이자 퍼포먼스라고 할 수도 있겠지만, 어쨌든 아빠는 형식적으로나마 나에게 동의를 구하고 있는 것이었다. 그러니 나는 동의, 아니 허락을 해야만 했다. 달리 무슨 수가 있겠는가……라고 생각하면서 나는 대답했다.

"안 하면 어쩔 건데?"

결혼식은 정확히 6개월 후에 열렸다. 하객은 많지 않았고, 주로 친척들과 아빠 친구들이었는데, 다들 식장에 있는 나를 약간 안쓰럽거나 측은하게 바라보는 느낌이라 썩 유쾌하지는 않았다. 그날 가장 신난 사람은 아빠처럼 보였고 솔직히 말해서 나는 그 꼴을 보고 있기가 괴로웠다. 유치해지는 것 같아 안 그러려고 노력했지만 자꾸 엄마 생각이 났다.

그들은 신혼여행을 떠나는 대신 살림을 합치고 우리 집에서 같이 사는 것을 선택했다. 아빠와 결혼한 분(아직까지는 대충 아주머니라고 부르고 있는데, 앞으로 어떻게 불러야 할지 모르겠다)은 생각보다 좋은 사람 같았지만 함께 생활을 시작하니 불편한 건 어쩔 수 없어서, 나는 결혼식이 끝난 뒤 아빠가 수고했다고, 뭐 갖고 싶은 거 없냐고 물어보았을 때 이때다 싶어 질러보기로 했다.

"미국 갈래. 고모한테."

고모는 어렸을 때 몇 번 만난 뒤로 연락도 왕래도 많지 않았지만 뉴욕과 아주 가까운 뉴저지에 살고 있다는 것이 큰 장점이었다. 너무 멀어서 아빠의 두 번째 결혼식도 못 왔으니 공식적인 방문의 명분이 되기에도 충분했다. 미국 하면 뉴욕이고, 내가 가고 싶었던 곳들도 라스베이거스를 빼면 대부분 동부에 있었기 때문에 실제로는 고모네 집을 베이스캠프 삼아 여러 곳을 둘러보겠다는 계산이었다. 당연히 그 '여러 곳'에 디즈니월드는 없었다…….

비행기표는 아빠 카드로 긁었고 환전도 공항에 와서 했다. 물론 그것도 아빠 돈이었다. 집을 떠나기 전 아빠와 결혼한 분은 아빠 몰래 나에게 용돈 하라며 봉투를 하나 줬는데, 공항으로 가는 리무진에서 열어보니 그건 20불짜리 지폐 스물다섯 장, 도합 500달러어치 현금이었다. 돈다발 앞에는 포스트잇에 손 글씨로 쓴 짧은 메모가 붙어 있었다.

—아직 어색하겠지만 앞으로 내가 많이 노력할게. 잘 다녀오렴.

3

예상대로 운전대를 잡은 고모부는 아무

말도 하지 않았다. 그는 프로그래머였는데, 사실 내가 알고 있는 정보는 많지 않았다. 고모가 결혼 전 소개차 한국에 데리고 왔을 때 한 번 본 게 전부였으니까. 초등학교 때 미국에 건너와서 쭉 미국에서 자란 1.7세이기 때문에(1.5세보다 2세에 가까운 사람들을 그렇게 부른다고 고모가 알려주었다) 한국어로 오래 말하는 것을 썩 좋아하지 않는 것 같았다. 눈빛은 날카롭고 말수는 적어서, 프로그래머가 아니라 실은 청부살인업자라고 해도 믿을 수 있을 정도였다. 내가 아는 건 고작 고모부가 아침마다 집 앞에서 164번 버스를 타고 어딘가로(맨해튼이라고 들었지만 확인한 적은 없다) 출근했다가 오후 5시쯤 돌아온다는 것뿐이었으니까.

우리는 남쪽으로 계속 달리다가 중간중간 맥도널드가 나오면 고속도로 출구로 빠져나가서 햄버거와 맥모닝 세트 같은 걸

먹었다. 처음엔 괜찮았는데, 몇 번 반복되자 김밥과 우동과 회오리 감자가 있는 한국의 휴게소가 몹시 그리워졌다. 거기서도 고모부는 단답형 단어와 손가락으로만 주문을 했다.

필라델피아, 델라웨어, 메릴랜드, 버지니아, 노스캐롤라이나, 사우스캐롤라이나, 조지아……. I-95 고속도로를 타고 남부로 내려갈수록 눈은 사라지고 기온이 올라갔다. 기분 탓인지 햇볕도 더 강해지는 것 같았다. 크리스마스 시즌이라고는 믿기지 않는 날씨였다.

마침내 플로리다 탬파에 도착한 건 저녁 8시 무렵이었다. 뉴저지 페어론을 떠난 지 대략 열아홉 시간이 지나서였다. 도착한 곳은 고모 친구네 집이었는데, 고모 친구는 아이가 없는 대신 큰 개를 세 마리나 키워서 개를 무서워하는 나는 계속 긴장 상태로 있어야 했다. 에밀리는 집에 들어오자마자 소리를 지르며 개들 뒤를 졸졸 쫓아다니고 있었다.
쏘 큐트! 쏘 큐트! 하지만 내가 보기에 개들은
귀엽다기엔 너무 컸고, 정작 그들은 에밀리를
무서워하는 것 같았다.

"다들 배고프겠다. 얼른 이리 오세요들."

늦은 저녁상에는 내가 휴게소에서 먹고
싶어 했던 한국 음식이 가득했는데, 고모
친구는 자기 남편이 반찬 가게에서 사 온
것들이 대부분이고 자신은 밥만 했다면서
웃었다. 밥과 반찬이 너무 맛있어서 나는
민망하지만 두 번이나 밥을 더 달라고
부탁했다.

"얘가 지영 언니 아들이야. 너도 언니
기억나지?"

잡채를 덜던 고모가 무심한 투로 말하자
순간 고모 친구가 눈을 크게 떴다.

"진짜? 정말로?"

식사를 마치고 고모 친구 남편과 고모부가

맥주병을 하나씩 들고 탁구대가 있다는 지하실로 내려갔을 때, 나는 남자들과 같이 가는 대신 식탁에 남아 있기로 했다. 에밀리는 개들과 산책을 나가겠다고 고집을 부렸고 어둡고 추워서 안 된다던 고모는 후드 티 위에 점퍼를 하나 더 껴입는 조건으로 허락했다.

"너 집 찾아올 수 있어?"

고모의 말에 에밀리는 자신을 둘러싸고 있는 커다란 개들을 둘러보며 말했다.

"맘, 데이 리브 히어!"

4

남자들이 사라지고 에밀리가 개를 몰고 나가자 집 안에 고요가 찾아왔다. 고모 친구가 부엌 어딘가에서 프랑스산 와인을 꺼내 왔고, 곧 와인 잔 세 개에 술이 절반쯤 채워졌다. 잔끼리 끝을 부딪치자 맑은 종소리 같은 것이 났다.

"내가 언니 아들이랑 와인을 마시게 될 줄이야."

고모 친구가 말했다. 아까부터 이름을 물어보고 싶어 눈치를 살폈지만 틈을 얻기가 쉽지 않았다.

"저희 엄마를 잘 아세요?"

"그럼, 학원 다닐 때 나름 절친이었는데."

"학원이요?"

내가 고모를 쳐다보자 고모가 약간 주저하며 입을 열었다.

"그래, 우리 셋이 다 같은 대학원 다녔잖아. 뉴욕에서."

그러자 고모 친구도 고개를 끄덕이며 덧붙였다.

"아, 맞다. 한 글자 빼먹었네. 대학원. 내가 요즘 이렇다니까."

고모 친구는 한동안 엄마 얘기를

계속했다. 차갑고 내성적인 사람이라고
생각했던 엄마의 첫인상부터, 학교 앞 푸드
트럭에서 샌드위치를 사 먹으며 친해진
이야기, 나중에는 도시락을 싸 와서 함께
나눠 먹었던 이야기, 같이 갔던 캠핑과 여행,
연애와 실연, 한인 교회에서 만난 사람들…….
나는 와인을 홀짝거리며 고모 친구 이야기에
귀를 기울였다. 그녀가 따라준 와인은 첫맛은
달콤했지만 목구멍으로 넘기고 나면 진하고
떫은 흙 같은 맛이 남았다. 낯선 사람에게
엄마 얘기를 듣는 건 이상하면서도 매혹적인
일이어서, 모든 것이 환상이나 거짓말처럼
초현실적으로 느껴지다가도 중간중간 그게
진짜라고 생각하는 순간 갑자기 팔뚝에
털이 곤두서곤 했다. 맞아, 애초에 아빠한테
엄마를 소개해준 사람이 고모였지. 나는 또
까먹고 있던 사실을 떠올렸다. 신기하게
술을 마시는데도 대화에 집중할수록 정신이

또렷해졌다.

"나, 언니랑 디즈니월드도 갔었잖아."

"나는 안 갔었나?"

"그래, 넌 뭐 그때 남자 만난다고. 지금 에밀리 아빠 말고, 왜 있잖아."

고모 친구가 말하다 말고 목소리를 죽이더니 내 눈치를 봤다.

"또 쓸데없는 소리 하네, 애가. 암튼, 그래서?"

"기말고사 끝나고였나. 언니가 갑자기 디즈니월드에 가고 싶다는 거야. 미국 와서 그런 데 한 번도 못 가봤다면서."

"난 처음 듣는 얘긴데."

"네가 그때 정신이 있었겠니. 남친하고 나이아가라 가고 그럴 땐데……. 알겠어, 알겠어. 난 맥주나 한잔하고 기숙사에 들어가려고 했는데, 언니가 느닷없이 포트오소리티 버스 터미널로 가자는 거야.

그래서 따라갔지. 거기에 무슨 좋은 펍이 있나 보다 하고. 근데 버스표를 끊네? 두 장을? 그것도 올랜도까지 가는 걸?"

"그날 밤에 바로 간 거야?"

"그래, 그레이하운드 타고 바로 출발했어. 37번 게이트. 내가 잊어버리지도 않아. 몇 시간 걸렸는지 아니? 서른두 시간. 중간에 버스 한 번 갈아타고 휴게소마다 쉬어가면서."

지금 우리와 같은 여정이었다. 멀쩡한 비행기를 놔두고 차로 뉴욕에서 플로리다까지 내려가는 이상한 여행. 엄마가 버스를 타고 디즈니월드에 갔었다니, 상상조차 못 한 일이었다. 아무리 생각해도 엄마가 좋아할 만한 장소가 아니었다. 젊은 시절의 엄마는 조금 다른 사람이었던 걸까? 엄마는 왜 그런 얘기를 나에겐 해주지 않았을까?

"제일 싼 입장권만 사서 들어간 다음에 하루 종일 돌아다니다가 다리가 아파서

쉬고 있는데, 불꽃놀이가 시작된 거지. 왜 디즈니월드 가면 매일 밤 하는 거 있거든. 둘이서 피곤하기도 하고, 화려하기도 해서 넋 놓고 그걸 보고 있는데 언니가 그러는 거야. 세진아, 나 여기 꼭 다시 와야 할 이유가 생겼어."

그제야 나는 고모 친구의 이름을 알게 되었다.

"왜 그랬대?"

"'내가 결혼해서 아이를 낳으면, 걔랑 같이 이걸 보려고.'"

세진 아주머니는 엄마 목소리를 흉내 내며 우는 것도 웃는 것도 아닌 어중간한 표정을 지어 보였고, 고모는 갑자기 식탁 위에 있던 냅킨을 들어 눈가를 훔쳤다. 그러고는 한참 동안 침묵이 흘렀다. 나는 조금 어색해져서 술 좀 깨고 오겠다고 말한 뒤 자리에서 일어나 집 밖으로 나왔다. 차가운 밤공기를 맞으며

몇 걸음 걷고 있는데 개들을 데리고 돌아오는
에밀리와 마주쳤다.

"헤이, 삼촌."

가볍게 손을 흔들고 집으로 먼저
들어가려는 에밀리에게 내가 물었다.

"디즈니월드에 가면 뭐 할 거야?"

에밀리는 잠시 생각하는 듯하더니 답했다.

캐러멜.

5

"웨이크 업, 삼촌. 위 아 레이트!"

다음 날 아침은 에밀리 때문에
망쳐버렸다. 이토록 앙칼진 하이 톤
목소리라니. 비몽사몽간에 나는 솟구쳐 오르는
짜증을 억누르면서 대체 이 목소리가 어디서
왔을지를 (반쯤 저주하며) 생각했다. 고모부는
말 자체가 없고, 고모는 목소리가 크긴 하지만

아빠와 비슷한 중저음의 알토 목소리인데? 이
미친 소프라노 발성은 대체 어디서 튀어나온
걸까?

일어나보니 나 빼고는 다들 준비가 되어
있었다. 세수도 하는 둥 마는 둥 하고 짐을
챙겨 나가려는데, 세진 아주머니가 그래도
빈속으로 가면 안 된다며 음료수를 내밀었다.
입에 대자마자 끔찍한 맛이 났다. 웩! 나는
마치 나를 독살하려는 사람을 발견한 것처럼
세진 아주머니를 노려보며 물었다.

"뭐예요, 이게?"

"콩 물."

그리고 그녀는 콩 물이 얼마나 몸에
좋은지 설명하기 시작했는데, 나는 그 설명을
다 듣지 못하고 화장실로 달려가야 했다.
정말로 장 속에 있는 모든 것이 한꺼번에
밖으로 쏟아져 나오려고 했기 때문이다.
한바탕 전투를 치르고 나왔을 때는 가족

모두가 이미 오디세이에 탑승해 있었다. 이번엔 고모가 조수석에 앉았다. 마지막으로 차에 오르기 전 세진 아주머니는 나를 꼭 안아주며 말했다.

"반가웠어, 우리 언니 아들."

고모부는 다시 내비게이션을 찍었고 이번에는 어라이벌 타임이 겨우 한 시간 15분이었다. 목적지는 디즈니월드가 있는 올랜도. 나는 뒷좌석에 에밀리와 나란히 앉았는데, 에밀리는 요즘 청소년답게 쉴 새 없이 말을 하면서도 손에서 핸드폰을 놓지 않았다.

"유 노 왓, 삼촌? 디즈니월드는 1971년 오픈했는데, 크기가 지인짜 커요. 그 안에 띔 파크가 네 개나 있거든요. 매직 킹덤, 애니멀 킹덤, 엡콧, 할리우드 스튜디오. 삼촌은 잘 모르겠지만 원래 거기가……."

에밀리는 디즈니에서 나온 일일 가이드처럼 테마파크의 역사와 구성에 더해 쓸데없는 정보들까지 줄줄 읊었다. 지금 디즈니월드가 지어진 플로리다의 땅은 원래 늪지대였다거나, 월트 디즈니가 처음 올랜도를 둘러보러 간 날에 존 F. 케네디가 암살되었다거나, 지하에 직원들만 다닐 수 있는 통로가 땅굴처럼 나 있다거나, 처음 간 사람은 반드시 디즈니의 상징과도 같은 신데렐라 캐슬에서 펼쳐지는 불꽃놀이를 봐야 한다거나…… 반쯤 딴생각을 하면서 그 얘기를 듣고 있었는데, 중간에 갑자기 깨달음이 왔다. 샤킬 오닐! 샤킬 오닐이 뛰었던 농구 팀 이름이 그래서 올랜도 매직이었구나. 나는 내 무지함과 둔함에 거의 탄복할 지경이었다. 그냥 마법처럼 농구를 잘한다는 뜻인 줄만 알았는데. 오 마이 갓.

"참, 근데 캐러멜이 뭐야?"

에밀리가 잠깐 음료수를 마시는 틈을 타서 내가 물었다.

"응?"

"어제 네가 말한 거 있잖아. 디즈니월드에 유명한 캐러멜이 있어?"

"노 웨이, 삼촌. 캐러멜 아니고 캐러셀. 유 노 왓? 캐, 러, 셀!"

무슨 말인지 몰라 멍하니 있는데 앞자리에 있던 고모가 끼어들었다.

"회전목마 말하는 거야. 메리-고-라운드."

나는 의아해졌다.

"그게 왜? 그건 아무 데나 있는 거 아냐?"

에밀리는 정색을 하며 캐러셀의 역사와 의미에 대해 다시 장황한 설명을 늘어놓았다. 이게 원래는 중세 시대 유럽의 기사들이 말 위에서 벌이던 창 시합인데, 처음에는 서로 공을 던지면서 원을 그리며 도는 일종의 전투 훈련이자 연습이었고, 지금 디즈니월드에 있는

캐러셀은 처음 만들어진 지 100년이 넘은
기계로…….

　"넌 그런 걸 다 어떻게 알아? 학교에서
가르쳐줘?"

　내가 신기함을 감추지 못하고 묻자
에밀리는 핸드폰을 들며 답했다.

　"구글 이즈 갓, 삼촌."

6

　디즈니월드에 도착한 건 오전
8시쯤이었다. 아직 개장하기 한 시간도
전이었는데, 주차장에 차들이 거의 꽉 들어차
있었다. 테마파크가 아니라 주차장 크기에
벌써 압도당할 지경이었다. 에밀리는 흥분을
감추지 못하고 깡총깡총 뛰다시피 하면서
입구까지 걸어갔다. 모노레일을 타고 건너간
진짜 입구에는 입장을 기다리는 사람들이

벌써 만원 지하철 안처럼 그득히 늘어서
있었다.

개장하기 15분 전부터 무대 위에 진행자와
디즈니 캐릭터들이 등장해 오프닝 세리머니를
펼치더니, 마침내 개장을 알리는 종이 울린
순간 사람들이 파크 안으로 쏟아져 들어갔다.
에밀리는 금세 멀어져 그들 중 하나가
되었고, 뒤에서 바라본 모습은 장관이었다.
나는 30년이 다 되어가는 엄마의 어떤 날을
상상했다. 나와 비슷한 나이의 엄마가 지금
내가 서 있는 곳과 똑같은 자리에 서 있었을
거라고 생각하니 기분이 이상했다.

우리 셋은 들뜬 에밀리를 열심히
따라다녔다. 처음 왔음에도 불구하고 에밀리는
이미 와본 사람처럼 모든 장소에 대해 잘 알고
있었고, 저럴 거면 왜 굳이 왔을까 하는 생각이
들기도 했다. 나? 나는 솔직히 지루했다. 일단
사람이 너무 많았고, 공간이 너무 넓었고, 뭘

하려면 너무 오래 기다려야 했다. 테마파크를 좋아하지도 않는 사람에게 어트랙션 하나를 타는 데 두 시간 기다리라고 하는 건 고문이나 다름없었다. 점심으로 햄버거를 먹기 위해 40분 동안 줄을 서고 나니 갑자기 집에 가고 싶어졌다. 아니, 한 사람당 109달러를 내고 들어와서 줄만 서다 간다고?

"괜찮니?"

40분 기다린 햄버거를 1분 만에 해치우고 넋을 놓고 있는 나에게 고모가 물었다.

"아니……."

속에서 끓어오르는 불만을 있는 그대로 말하려는 순간 고모 친구 세진 아주머니가 했던 말이 떠올랐다. 내가 결혼해서 아이를 낳으면, 걔랑 같이 이걸 보려고. 그래, 불꽃놀이가 있었지. 그러자 그때까지는 어떻게든 견뎌보자는 생각이 들었다.

"다들 투 슬로! 답답해. 그냥 나 혼자

다니면 안 돼?"

에밀리도 불만이 상당한 모양이었다.
인상을 쓰는 에밀리에게 고모는 가족끼리
왔는데 그게 무슨 소리냐며 다그쳤지만, 의견
차이는 좀처럼 좁혀지지 않았다.

"그럼 너는 삼촌이랑 같이 다녀. 오케이?"

결국 고모가 손을 들었고, 감자튀김을
맛없게 집어 먹고 있던 에밀리는 웃음을
되찾았다. 하지만 둘만 남아 판타지랜드에
있는 '백설 공주와 일곱 난쟁이 광산 기차'
앞에 도착했을 때 에밀리는 다른 말을 했다.
어트랙션 앞에 붙은 대기 시간은 두 시간
15분이었다.

"우리도 따로 다닐까? 삼촌도 솔직히 같이
다니기 싫잖아."

싫은 건 아니지만 눈앞의 대기 시간을
보니 여기 같이 있고 싶지는 않았다.

"너 이거 탈 거야?"

내가 묻자 에밀리는 당연하지! 라고 소리쳤다. 애를 혼자 두어도 괜찮을까? 고모에게 걸린다면? 조금 망설여지기는 했다. 하지만 에밀리는 열두 살이고, 핸드폰도 가지고 있다. 내 열두 살을 돌이켜보면 그 나이 때 나는 가족들과 같이 다니는 게 너무 싫었다. 거추장스러웠고 불편했다. 무엇보다 지금은 나도 혼자만의 시간이 필요했다. 일곱 난쟁이 광산 기차를 기다리며 소중한 두 시간을 허비하고 싶지 않았다.

"너, 그럼 연락하면 받아야 해."

"당연하지!"

에밀리는 하트가 붙은 아이폰을 흔들어 보이더니, 난쟁이 기차 줄로 쏙 들어가버렸다.

헤어지고 나니까 몸과 마음이 편해졌다. 나는 메인 스트리트로 돌아와서 익숙한 카페에 들어가 커피 한 잔을 시키고 느긋하게 창밖의 인파를 바라보는 것으로 나만의 어트랙션을 가동했다. 머리에 각양각색의 미키마우스 머리띠를 하고 행복한 표정으로 돌아다니는 가족들은 마치 디즈니 만화 속에 등장하는 인물들 같았는데, 다들 어딘지 진짜 가족 같지가 않았다.

7

—어디니?

두 시간쯤 후에 고모에게서 카톡이 왔다.

—스벅이야.

—에밀리는?

또 한 번 망설여졌다. 역시 머뭇거리긴 했지만 사실대로 말하기는 좀 그랬다.

—화장실.

고모한테선 더 이상 답이 없었고, 나는 바로 에밀리에게 전화를 걸었다. 전화를 받지 않아 서둘러 카톡을 보냈다. 너 지금

어디야? 초조하게 답을 기다리고 있는데,
카페 문을 열고 고모가 들어왔다. 넋이 나간
표정으로 주위를 둘러보는 고모를 향해 손을
흔들었다. 고모가 나를 향해 다가오는 사이
뒤쪽으로 고모부 모습도 보였다. 내 앞자리에
앉은 고모는 겨울인데도 벌게진 얼굴로 땀을
흘리고 있었다.

"어쩐 일이야?"

고모는 대답 없이 고모부가 앉을 수
있도록 창가 쪽 자리로 옮겨 앉았다.

"에밀리 어디 갔어. 어느 화장실이야?"

나는 주저했다. 뭐지? 상황 파악이 잘 안
됐다.

"……사실 몰라."

"뭐?"

"아까 따로 다니자고 했어."

"뭐라고?"

고모가 벌떡 일어섰고 나는 당황스러웠다.

그게 이렇게 화를 낼 일인가? 다섯 살 아이도
아니고, 이제 핸드폰도 가진 열두 살인데?

"너 걜 혼자 보내면 어떡해!"

고모가 소리치자 고모부가 아내를 말렸다.
그는 고모를 껴안다시피 해서 겨우 다시
자리에 앉혔다.

"아니, 미안해, 근데 왜 화를⋯⋯."

갑자기 서러워졌다. 내가 이러려고
여기까지 온 건가? 원치도 않았던 가족 여행에
끼어서, 플로리다 한복판의 디즈니월드까지?

고모가 두 손으로 얼굴을 감싸 쥐고 울기
시작했다. 나는 정말 뭐가 어떻게 되어가는
건지 알 수가 없었다. 고모부가 입을 열었다.

"에밀리가 우리가 입양한 애인 건 알지."

"네."

"다섯 살 때 부모에게 버려진 아이를
우리가 입양한 거거든. 그런데 부모가
에밀리를 유기한 곳이 바로 여기야."

고모는 정신을 차리려는지 고개를 들고 머리를 세차게 흔들었다. 그리고 입을 열었는데, 목소리가 중간중간 떨려 나왔다.

"공개 입양을 했잖아. 근데 우리가 모르는 게 하나 있어. 얘가 디즈니월드를 기억하느냐는 거야. 당시에 입양을 담당했던 상담사가 우리한테 신신당부했거든. 절대 아이에게 디즈니월드를 기억하냐고 묻지 마라. 트라우마를 자극할 수도 있으니까. 그리고 디즈니월드를 금기시하지도 마라. 그럼 역효과가 난다고. 그냥 자연스럽게 하라는 거야. 알려고 하지도 말고, 일부러 디즈니월드를 언급하거나 묻지도 말고, 그렇다고 아이가 알게 되거나 가고 싶다고 했을 때 무시하거나 못 가게 하지도 말고."

고모의 눈이 빨갛게 충혈되어 있었다.

"처음부터 그래서 온 거예요? 이 여행을?"

"그건 아냐. 우리도 몰라. 에밀리가 자기

생일에 디즈니월드에 가고 싶다고 노래를
부른 지는 몇 년 됐거든. 어쨌든 여기 오고
싶어 하는 게 그 나이 아이한테는 자연스러운
일이기도 하니까, 확인할 것도 있고 해서 온
거야."

이번에는 고모부가 답했다. 뭐야, 이 사람
한국말 잘하잖아. 나는 속으로 생각하며
물었다.

"뭘 확인해요?"

고모가 끼어들었다.

"그때 담당자가 있는지 알아보러 갔었어.
아니면 기록이라도. 근데 그런 사람이
있었는지는 말해줄 수 없대. 에밀리와 관련된
아동 실종 사건에 관해서도. 아무것도.
무조건 규정이라는 거야. 그렇게 우리 사정을
이야기하는데도……."

고모가 다시 흐느꼈고, 고모부가 고모의
어깨를 감쌌다.

8

우리는 스타벅스를 나와 에밀리를 찾으러
다니기 시작했다.

"어디로 갔을까?"

고모의 말에 에밀리가 회전목마 얘기를
했던 게 생각났다. 고모가 종이로 된
디즈니월드 지도를 펼치고 손가락으로 헤매는
사이 구글 맵으로 찾아보니, 디즈니월드의
상징인 신데렐라 캐슬 뒤에 '프린스 차밍 리걸
캐러셀'이라는 긴 이름의 회전목마가 있었다.

"여기 먼저 가봐요."

내가 앞장서고 고모 부부가 뒤를 따랐다.
크리스마스이브답게 어딜 가나 사람이
많았지만 서울의 지옥철에 익숙한 나에게는
그런대로 지나다닐 만했다. 이런 K-인구
밀도는 오히려 현지인들을 힘들게 하는 것
같았다. 어디에서나 군중이 모인 곳이면 노

웨이! 디스 이즈 인세인! 이라고 소리 지르는 미국인들 목소리가 들렸다.

인파를 뚫고 회전목마 앞에 도착했지만 에밀리는 없었다. 길게 늘어선 대기 줄 속 사람들 얼굴을 왔다 갔다 하며 일일이 확인해보아도 마찬가지였다.

"전화 아직도 안 돼?"

고모가 묻기도 전에 고모부는 핸드폰을 귀에 대고 있었다.

"안 받아."

"신호가 가면 꺼져 있는 건 아니네요."

내가 말하자 고모부가 고개를 끄덕였다.

"엡콧에 가진 않았겠지?"

"여기서 6마일이나 떨어진 데를? 말도 안 되는 소리 하지 마."

고모는 고모부를 쏘아보며 말했다. 맞아, 엡콧도 있었지. 에밀리의 말에 따르면 여긴 일종의 테마파크 콤플렉스이기 때문에 디즈니

계열만 네 개의 테마파크가 모여 있었다. 매직 킹덤, 엡콧, 애니멀 킹덤, 할리우드 스튜디오. 에밀리는 다른 테마파크에 갔을까? 차 타고 가야 할 텐데? 아니면 그냥 핸드폰을 잃어버린 걸까? 버리거나 도둑맞은 거라면?

"실종 신고라도 할까요?"

자연스러운 수순이라고 생각했는데, 내 말에 두 사람 표정이 얼어붙었다.

"아냐, 찾아보자. 찾을 수 있어. 계속 전화하고."

고모가 고개를 흔들며 걷기 시작했다. 어디로 가야 하는지 방향을 아는 것 같지는 않았지만 고모부와 나도 그 뒷모습을 따라 움직였다.

9

처음에 셋이 함께 몰려다니던 우리는 곧

구역을 나눠(고모는 프런티어랜드, 고모부는 어드벤처랜드, 나는 투모로랜드) 움직이기로 했다. 실시간으로 카톡과 전화를 주고받으며 각자 맡은 구역을 샅샅이 뒤졌지만 에밀리는 어디에도 없었다. 나는 걸어 다니는 중간중간 디즈니월드에서 발생한 미아 사건들을 검색했다. 디즈니월드는 미국 전체에서 아이들이 실종되는 상위 열 곳 중 하나이며, 정확한 통계를 발표한 적은 없지만 센트럴 플로리다 대학의 연구팀에 따르면 매년 백 명 이상의 아이가 디즈니월드에서 실종되는 것으로 추정된다. 하지만 대부분의 경우 실종 후 두세 시간 안에 안전하고 건강하게 부모와 다시 만나기 마련이다……. 구글의 검색 결과를 눈으로 훑어 내려가던 나는 한 군데서 멈췄다.

Q: 디즈니월드에서는 이제까지 얼마나 많은 아이들이 납치되었나요?

A: 알 수 없습니다. 다만 한 가지 확실한 게 있어요. 지금은 서른두 살이 된 제 아들이 아홉 살 때, 그러니까 1999년 디즈니월드에 갔다가 잠깐 한눈을 판 사이에 사라져버린 적이 있습니다. 저와 남편은 미친 사람처럼 아이의 이름을 부르며 주위를 돌아다녔어요. 온통 비슷한 옷을 입은 사람들 천지라서 누가 누군지 구분이 되지 않았습니다. 우리는 거의 이성을 잃을 지경이었으니까요. 저는 죽어라 아들의 이름을 불렀고, 그 순간 누군가가 저를 돌아보았습니다. 제 아들 윌리였어요. 윌리는 누군지도 모르는 낯선 남자의 손을 잡고 있었습니다. 윌리가 저와 눈이 마주쳤고, 저는 소리를 지르며 그 아이에게 달려갔어요. 정말로 무서운 게 뭔지 아세요? 아이가 손을 놓은 순간 그 낯선 남자는 아무 일 없었다는 듯 그대로 유유히 걸어가 인파 속으로 사라졌다는 점이에요. 저는 그 남자의

얼굴을 끝까지 보지 못했습니다. 하지만 여전히 피곤한 날이면 그 얼굴이 꿈에 나와요. 까맣게 텅 빈 얼굴로요. 저는 제 주위의 어떤 사람이든 디즈니월드에 갈 계획이 있다고 하면 이 이야기를 들려줍니다. 흥을 깨는 게 아니냐고요? 맞아요. 하지만 흥이 깨지고 기분이 나쁜 것이 차라리 낫죠. 아이를 영원히 잃어버리는 것보다는요.

질문도 답변도 익명으로 이뤄지는 랜덤 질의응답 사이트였다. 모르는 사람의 납치보다 더 무서운 건 어쩌면 그의 얼굴을 끝까지 확인하지 못했다는 점일지 모른다. 그렇다면 에밀리도 납치된 걸까? 하지만 에밀리는 열두 살이고, 핸드폰을 들고 있었으며, 지금은 2022년이다.

오후 8시를 넘기자 나는 완전히 지쳐버렸다. 벌써 서너 시간째였다. 목이 말랐고, 지루했고, 배가 고팠다. 무엇보다 다리가 아파서 더는 걷기가 힘들었다. 벤치에 앉아 있는데 고모가 메시지를 보내왔다.

—플라자 레스토랑에서 만나.

10

입구 쪽에 있는 레스토랑은 식사 시간을 꽤 넘겼는데도 빈자리가 없었다. 지친 기색이 역력한 서버는 웨이팅만 한 시간 넘게 걸릴 거라고 했다. 우리는 하는 수 없이 밖으로 나와 길거리에서 파는 미키마우스 와플 세 개를 사서 초록색 벤치에 앉았다. 설탕처럼 단맛이 나는 하얀 가루가 눈처럼 잔뜩 뿌려진 미키마우스의 얼굴은 밀가루를 뒤집어쓰고도 웃는 사람 같아서 어딘지 기괴해 보였다.

한동안 아무도 아무 말을 하지 않았다. 나는 와플을 한쪽 옆에 내려놓고 검색을 계속하다가 급기야 디즈니에서 일어난 사건 사고들 목록까지 찾아보게 되었다. 셔틀버스에 치여 숨진 소년, 인공 연못에 빠진 형을 구하려다 자신까지 죽게 된 동생, 롤러코스터를 타다가 추락한 소녀, 악어에게 끌려가 목숨을 잃은 어린이…… 흔적도 없이 사라진 일가족이 어트랙션 안에 영원히 갇혀서 사진을 찍히고 있다는 괴담에 이르자 머리가 어지러울 정도였다.

"지금 그게 넘어가?"

고모 목소리에 고개를 들어보니 고모는 고모부를 바라보고 있었다. 방금 와플을 몇 입 먹었는지 고모부의 입술에는 하얀 가루가 묻어 있었고, 들고 있던 미키마우스의 한쪽 귀와 뺨은 거의 사라진 상태였다. 나는 아니 와플을 산 건 고모잖아, 라고 말했다. 물론 속으로만.

"먹어야 살지. 살아야 찾고."

고모부는 어느 쪽을 바라보는지 알 수 없는 시선으로 어딘가를 바라보며 말했다. 고모는 허리를 숙여 다리 사이에 얼굴을 파묻었다. 나와 눈이 마주친 고모부는 어서 먹으라는 듯 미키가 담긴 알록달록한 일회용 접시를 들어 보였다. 나는 용기를 내어 와플을 한 입 베어 물었는데, 다 식고 질긴 밀가루 덩어리에 불과한 미키마우스는 놀랍게도 이제껏 내가 먹어본 어떤 음식보다 훌륭했다.

"자살하려고 했었어."

고모가 몸을 일으키며 말했을 때, 나는 하마터면 들고 있던 와플을 땅에 떨어뜨릴 뻔했다.

"네?"

"에밀리네 가족 말이야. 한국말로 뭐라 그러지? 패밀리 수어사이드."

"가족이 같이 죽는 거요?"

"같이 죽는 건 아니지. 부모가 애를 죽이는

거지."

고모부가 빈 접시를 내려놓으며
끼어들었다. 나는 '동반 자살'이라는 단어를
알려주어야 할지 말아야 할지 혼란스러웠다.
이게 맞는 말인가?

"에밀리는 패밀리 수어사이드의 생존자야."

고모가 말했다.

"아무도 정확히는 모르지."

고모부는 고개를 저었다.

"그럼 당신은 알아? 아냐고!"

"방금 '아무도'라고 했잖아."

"말장난하지 마."

"사실대로 말했을 뿐이야."

"사실?"

고모가 얼굴을 찡그렸다.

"지금 사실이라고 했어, 당신?"

고모가 희미한 미소를 지었을 때,
나는 그 얼굴이 어딘지 백색 가루 뿌려진

미키마우스와 닮았다고 느꼈다. 섬뜩한 기분이 들었기 때문일까?

"내가 사실을 말해줄까? 아침에 당신이 출근해서 어디로 가는지? 당신은 164번 버스를 타. 아무 일도 없는 것처럼. 그러고 나서 맨해튼에 도착하면 회사 앞을 지나 센트럴파크로 가지. 호수 옆 초록색 벤치에 앉아 노트북을 켜고 걸어오면서 산 베이글과 커피를 먹어. 아주 천천히. 식사 후엔 공원 여기저기를 산책하며 기웃거리고, 때로는 햇빛을 쬐며 바위에 기대 졸기도 해. 이메일도 쓰고 유튜브도 보고 아무런 맥락도 없는 이상한 소설 같은 걸 끄적이기도 하지. 그러다 해가 질 무렵이 되면 다시 포트오소리티 버스 터미널까지 걸어와서 164번 버스를 타고 집에 오는 거야. 이게 사실 아냐? '사실대로-말했을- 뿐'이라는 건 이런 거 아냐?"

나는 내 얼굴에 방금 받은 충격이 얼마나

나타나고 있을까를 염려하며 고모부를
바라보았다. 예상외로 고모부는 표정의 변화가
없었다.

"맞아. 레이오프 됐으니까."

"언제까지 숨길 생각이었어? 내가
바보처럼 보여?"

"크리스마스만 지나고 말할 생각이었어.
새 직장을 구하고 있거든."

고모부는 평온한 표정으로 말했다. 고모는
무슨 말인가를 더 하려다가 손사래를 쳤다.

"마지막으로 본 게 불꽃놀이라고 했어."

고모부가 시계탑을 가리키며 말했다.

"에밀리네 원가족이."

주위를 둘러보니 사람들이 물결처럼
어딘가로 이동하는 중이었다. 신데렐라 캐슬
쪽이었다. 고모부가 가리켰던 시계탑의 바늘
두 개가 각각 9와 12에 가까워지고 있었다.

"가야 해."

고모가 웃고 있는 미키마우스를 접시째
쓰레기통에 버리며 말했다. 고모부가 고모의
뒤를 쫓았고, 나는 잠시 생각에 잠겨 있다가
뭔가를 떠올렸다. 그래, 이 방법이라면
에밀리를 찾을 수 있지 않을까? 1999년이
아니라 2022년이라면 가능할 것 같았다.
고모를 향해 달려가며 물었다.

"고모, 에밀리 아이디 알아?"

11

emilyinwonderland.

신데렐라 캐슬로 향하는 인파 속에서
나는 내 아이폰으로 에밀리의 애플 아이디에
접속을 시도했다.

"걘 항상 그 아이디만 써."

지금 저 앞에서 머리만 보이고 있는
고모는 그렇게 말하고 앞쪽으로 쑥쑥

나아갔다. 비밀번호를 물어보고 싶었지만
어차피 엄마에게 비밀번호를 알려주는
틴에이저란 유니콘 같은 존재일 것이다.
사람들 틈에 이리저리 밀리면서 나는 먼저
애플 아이디 패스워드 규칙부터 검색했다.
'암호는 대문자와 소문자, 하나 이상의 숫자를
포함하여 여덟 자 이상이어야 합니다. Apple
ID 암호, 확인 코드 또는 계정 보안 관련 세부
사항을 절대 다른 사람과 공유하지 마십시오.'
나는 공유하려는 게 아니었다. 맞히려는
거였다.

아이디가 '에밀리인원더랜드'라면,
패스워드는 뭘까.

쉬운 것부터 시도했다. emilykwon. 답도
간단했다.

Your Apple ID or password is incorrect.

그제야 나는 내가 규칙을 제대로 지키지
않았다는 것을 깨달았다. 암호는 대문자와

소문자, 하나 이상의 숫자를 포함하여 여덟 자 이상이어야 합니다.

두 번째 시도. Emilykwon12. 역시 아니었다. 세 번째, EmilyKwon12. 이게 아닌가? 단어를 바꿔보았다. 네 번째, Carousel12. 인코렉트. 내가 너무 나이에 집착하는 걸까? 에밀리 생일은 크리스마스라고 했다. 미아가 된 아이를 입양했는데 생일을 어떻게 정확히 알고 있을까? 혹시 이 생일이 에밀리가 발견된 날은 아닐까? 다섯 번째, Carousel1225.

로딩 시간이 조금 더 오래 걸리는 것을 보고 머리끝이 쭈뼛 섰다. 나 맞힌 거야? 에밀리의 패스워드를? 그러면 이제 파인드 마이 아이폰으로 들어가서…….

Your Apple ID or password is incorrect.

아니었다. 나는 1225 뒤에 느낌표 하나를 붙여 다시 시도했으나 그때부터는 계정이

아예 잠겨버렸다. 암호 입력 횟수에도 제한이 있었구나. 하는 수 없이 고개를 들어 내가 지금 어디 서 있는지 살폈다. 나는 물결의 중심에서 밀려 나와 무리의 거의 맨 끝자락에 있었다. 아까 전부터 요란하던 소리는 신데렐라 캐슬을 배경으로 펼쳐지는 불꽃놀이에서 나는 것이었다.

각도가 좋지는 않았지만, 잠시 동안 넋을 놓고 화려한 불꽃과 영상, 음악과 레이저 쇼를 바라보았다. 그러는 동안에도 사람들은 거대한 달팽이처럼 느릿느릿 움직이며 광장을 더 넓게 메워가고 있었다. 고개를 쳐든 사람들의 얼굴이 수백 개의 달팽이 더듬이처럼 보였다.

나는 달팽이 군집을 빠져나와 성 뒤쪽으로 빙 돌아갔다. 거기엔 여전히 운행 중인 '프린스 차밍 리걸 캐러셀'이 돌아가고 있었다. 그러고 보니 아까는 이걸 타지도 않았네. 늘 줄이 늘어서 있는 회전목마 앞에 이제는 사람이

드물었다. 나는 텅 빈 대기 줄에 서 있다가 회전이 멈추고 문이 열리기를 기다려 말 위에 올랐다. 나처럼 불꽃놀이를 구경하는 달팽이에 속하지 못한 사람들 몇몇이 원판 안으로 들어왔다. 마지막으로 뛰어들어와 내 반대편으로 간 아이가 에밀리 또래인 것 같아 얼굴을 확인하려는데, 돌아다니던 직원이 나를 제지하며 말했다.

"돈 무브, 플리즈."

종이 두 번 울리자 말들이 움직이기 시작했다. 위에서 아래로, 다시 아래에서 위로. 간간이 터지는 폭죽 소리와 익숙한 디즈니 노래들을 들으며 나는 멍하니 앉아 있었다. 그리고 한 바퀴를 돌고 뒤를 돌아보았을 때, 거기 에밀리가 있었다.

에밀리는 나에게 아이폰을 들어 보이며 웃었다. 하트가 불빛에 반짝였다.

12

"야, 니네 엄마 아빠가 널 얼마나 찾은 줄 알아?"

놀이 기구 출구에서 에밀리와 마주 서자 목소리 톤이 높아졌다. 화를 내려던 건 아니었는데 화난 것처럼 얼굴이 뜨거워졌다. 고모의 마음에 전염이라도 된 건가.

"왜 그런 거야? 대체 왜?"

에밀리는 출구 옆 화단에 기댄 채 고개를 숙였다.

"쏘 쏘리, 삼촌."

막상 미안하다는 말을 들으니 더는 뭐라고 할 수가 없었다. 그저 이유가 궁금했다. 왜?

"그냥…… 다시 혼자가 되어보고 싶었어. 옛날처럼. 댓츠 잇."

에밀리는 계속해서 울리는 아이폰을 뒷주머니에서 꺼내 화단 위에 내려두고 말했다. 화면에는 고모의 웃는 얼굴과 저장된 이름이 떠 있었다. REAL MOM.

"딴건 다 잊어버린 거 같았는데……
여기 와서 한 가지 생각났어. 그때 엄마가
마지막으로 했던 말. 진짜 엄마 말고 가짜
엄마가."

에밀리는 회전목마 쪽으로 몸을 돌리면서
말했다.

"날 저기 앉히고 가버렸거든. 그때 그랬어.
여기 가만히 있으라고. 가만히 있어. 돈 무브."

눈앞에서는 그 시절 에밀리와 비슷한
나이일 아이들이 부모의 도움을 받아 말
위로 오르고 있었다. 종이 두 번 울리자, 다시
캐러셀이 돌아가기 시작했다.

"난 그때 엄마가 날 버리는 줄 알았지.
버렸다고 생각했고. 근데 아니었어."

에밀리는 다시 내 쪽으로 고개를 돌렸다.

"그 엄마는 날 살려준 거야."

진짜 엄마는 누구고 가짜 엄마는 누구냐고, 그래서 그들은 어디로 갔고 어떻게 되었는지 아느냐고 묻고 싶었지만, 에밀리의 얼굴을 보고 있자니 그럴 수가 없었다. 이 아이는 무얼 확인하고 싶었던 걸까? 기억은 어디까지 정확할까? 에밀리가 하는 말은 진짜일까? 디즈니월드에 대한 이 아이의 관심과 집착은 거기서 온 걸까?

복잡해지는 생각을 따라가다가 결국 엉뚱한 말을 꺼내놓고 말았다.

"불꽃놀이 볼래?"

에밀리는 나를 말없이 쳐다보았고, 나는 덧붙였다.

"아직 안 끝났으니까, 지금이라도 가면 조금 볼 수 있을 거야. 원래 디즈니월드에서는……."

"탈래."

에밀리가 내 말을 잘랐다.

"우리 이거 한 번 더 타자."

우리는 출구에서 다시 입구로 돌아가, 순서를 기다려 프린스 차밍 리걸 캐러셀 위로 올라갔다. 이번에는 나란히 서 있는 말 두 마리였다. 핸드폰을 바지 앞주머니에 넣고 아까는 하지 않았던 안전벨트까지 맨 다음 출발을 기다리는데, 에밀리가 물었다.

"삼촌, 근데 나 어떻게 서치했어?"

그때 나는 깨달았다. 에밀리는 내가 자신의 위치를 추적해서 찾아낸 것으로 착각하고 있다는 걸. 나는 뭐라고 대답해야 할지 잠깐 고민하다가 이렇게 말했다.

"애플 이즈 갓."

그때 종이 두 번 울렸고, 말들이 원을 그리며 위아래로 움직였다. 앞주머니가 들썩거려서 핸드폰을 꺼내 보니 고모였다. 나는 통화 버튼을 누르고 아이폰을 귀에 가져다 대는 대신 스피커 폰을 누르고 중세 시대 기사의 칼처럼 거꾸로 높이 쳐들었다.
야, 너 어디야? 너까지 이럴래? 고모의 성난
목소리가 캐러셀 안에 울려 퍼졌고 나와
에밀리는 눈을 맞추며 소리 없이 웃었다.
문득 이 회전목마는 앞으로 나아가고 있는
건지 제자리에 머물러 있는 건지 모르겠다는
생각이 들었지만, 그건 따분한 생각이었다.
대신 나는 한국에 돌아가면 아주머니를
엄마라고 불러보는 건 어떨까 하는 상상을
하기 시작했다.

작가의 말

회전목마가 멈추면

2005년 겨울에 나는 미국 플로리다주에
있는 디즈니월드에 간 적이 있다.
소설에서처럼 뉴저지에서부터 자동차를
타고 스무 시간 넘게 달려 올랜도에
도착하는 긴 여정이었다. 출발할 때는 분명
눈 덮인 겨울이었는데 도착하니 초여름
정도의 날씨였던 것이 무척 인상 깊었다.
소설에서처럼 에밀리가 실종되거나 하는
극적인 사건은 없었지만, 밤 9시에 신데렐라

캐슬 위에서 펼쳐지는 비현실적인 불꽃놀이를 보면서는 속으로 다짐했다. 언젠가 아이가 생기면 여기 다시 오겠노라고. 반드시.

그로부터 20년에 가까운 세월이 지난 지금 나는 두 아이의 아빠가 되었고, 애석하게도 그날 이후 올랜도에 다시 가본 적은 없다. 현실적으로 생각하면 앞으로도 과연 가능할까 싶기도 하다. 순간의 감정에 충실했던 20대 청년이 이제는 일상의 중력에 매여 살아가는 40대 중년이 되어버렸기 때문일까. 어쩌면 이 소설은 그런 지점에서 출발했는지도 모르겠다. 현실에서는 불가능하지만, 소설이라면 가능하지 않을까? 라는 작은 상상.

놀이공원은 언제나 이중의 감각을 제공한다. 어린이의 감각과 어른의 감각. 일차적으로 그곳은 꿈과 환상이 이루어지는 공간이자, 현실의 그림자가 제거된 완벽한 세계이다. 어린이들은 그래서 놀이공원에 가는 꿈을 꾼다. 그러나 유토피아란 본래 존재하지 않는 곳. 놀이공원이라고 해서 예외일 수는 없다. 어린이와 손을 잡고 놀이공원에 들어가는 어른들은 꿈같은 놀이공원의 비현실 속에서도 끊임없이 현실을 본다. 아니, 보아야만 한다. 입장권의 가격, 어트랙션의 대기 줄, 화장실과 쓰레기통과 하수구, 돌아가야 할 숙소와 차편 같은 것들. 어른들이 놀이공원에서 꾸는 꿈은 그래서 일종의 자각몽(自覺夢)이다.

이러한 놀이공원에 존재하는 수많은 놀이 기구 중에서도 대표적인 것은 단연 메리-고-라운드, 우리말로 회전목마다. 캐러셀은 우리에게 조금 더 낯선 단어지만, 이 기구의 탄생과는 가장 가까이 있는 단어기도 하다.

뭐라고 부르든 간에, 회전목마는 문학이나
음악 같은 예술에서 흔히 인생에 관한 은유로
사용된다. 이를테면 이런 방식으로.

> 빙빙 돌아가는 회전목마처럼
> 영원히 계속될 것처럼
> 빙빙 돌아온 우리의 시간처럼
> 인생은 회전목마
>
> —소코도모, 〈회전목마〉에서

빙빙 돌아간다는 회전목마의 특징은
일상이라는 제자리를 맴도는 우리의 현실과
쉽게 맞아떨어진다. 게다가 화려해 보이는
말의 움직임이 끝나면 기구에서 내려 삶으로
돌아가야 한다는 쓸쓸함도 있다. 우리는
기사나 주인공(hero)이 아니고, 우리가
이제까지 탔던 말은 가짜(목마)이며, 실제로는
한 걸음도 앞으로 나아가지 못한 채 잠깐

동안의 환상을 누렸을 뿐이라는 생각에 이르면 아까의 쓸쓸함은 더 깊은 차원의 씁쓸함으로 변한다. 이런 측면에서 회전목마는 그 자체로 그것이 속한 놀이공원에 대한 메타포이기도 하며, 놀이공원은 다시 인생이라는 최종적인 은유의 대상에 도착한다.

나는 이 생각에 반대하기 위해 이 소설을 썼다.

요즘 부쩍 사회적 문제로 대두되고 있는 일가족 동반자살. (아니, 사실 이 말은 틀렸다. 부모가 자살을 결심할 때 아이를 함께 죽이는 것은 명백한 범죄이자 살인이기 때문이다.) 디즈니월드에도 그런 사례들이 존재한다. 디즈니월드에서 자살하는 가족들은 카메라를 들고 오지 않는다는, 꽤 구체적이고 설득력 있는 관찰도 있다. 왜 하필 이곳일까? 그들은

이 세상에서 영원히 사라지기 전에, 현실과 환상의 경계에 마치 관문처럼 서 있는 디즈니의 왕국에 도착한다. 그리고 그 안에서 유령처럼 홀연히 증발한다. 나는 그들의 마음을 알고 싶었다. 어쩌면 그들은 삶이 더 이상 나아질 가능성이 없기 때문에, 앞으로 나아가지 않기 때문에, 말하자면 자신들의 인생이 회전목마 위의 말과 다름없다고 결론지었기 때문에 그런 결심을 하는 게 아닐까? 나는 동반자살, 아니 가족 살해의 현장에서 살아남은 한 사람을 떠올렸고, (그렇다, 에밀리!) 끝내 살아남은 에밀리가 자기 삶과 죽음을 결정지었던 바로 그 캐러셀 위로 돌아오는 장면을 상상했다. 자신이 죽은 동시에 새롭게 태어난 크리스마스에. 이제까지 당신이 읽은 이야기는 바로 그 상상의 결과다.

인생은 정말 회전목마일까?

우리는 앞으로 나아갈 수 없을까?

우리가 탄 것은 죽은 말에 불과할까?

나는 그렇지 않다고 믿는다.

이제 놀이공원을 빠져나갈 시간이다.

2023년 여름

문지혁

- 21

크리스마스 캐러셀

초판 1쇄 인쇄 2023년 6월 23일
초판 1쇄 발행 2023년 7월 12일

지은이 문지혁
펴낸이 이승현

출판2 본부장 박태근
스토리 독자 팀장 김소연
편집 강소영 곽선희 김해지 이은정 조은혜
디자인 이세호

펴낸곳 ㈜위즈덤하우스 　**출판등록** 2000년 5월 23일 제13-1071호
주소 서울특별시 마포구 양화로 19 합정오피스빌딩 17층
전화 02) 2179-5600 　**홈페이지** www.wisdomhouse.co.kr

ⓒ 문지혁, 2023

ISBN 979-11-6812-721-0 04810
　　　979-11-6812-700-5 (세트)

값 13,000원

· 이 책의 전부 또는 일부 내용을 재사용하려면 반드시 사전에
　저작권자와 ㈜위즈덤하우스의 동의를 받아야 합니다.
· 인쇄·제작 및 유통상의 파본 도서는 구입하신 서점에서 바꿔드립니다.

한 조각의 문학, 위픽 (wefic)